ÉLOGE

DE

JACQUES DELILLE,

PAR

M. CH. DE LACRETELLE,

MEMBRE DE L'ACADÉMIE FRANÇAISE,

LU A L'ACADÉMIE FRANÇAISE,

LE 8 SEPTEMBRE 1854.

MACON,

IMPRIMERIE DE RONDOT.

—

1854.

ÉLOGE

DE

JACQUES·DELILLE.

Du sein d'une retraite où la vieillesse me tient confiné, je viens, mes illustres et bien-aimés Confrères, esquisser un sujet qui éveillera en vous de précieux souvenirs.

Un beau siècle littéraire, qui expia cruellement des espérances à la fois bienveillantes et présomptueuses, pourra se reproduire sous vos yeux, tandis que je tracerai l'éloge d'un poète qui en fut l'un des derniers ornements et l'un des représentants les plus aimables. Il n'en partagea point les illusions ambitieuses; il en retraça et en réunit les dons les plus précieux, soit dans les nombreux ouvrages qui honorent et font chérir sa mémoire, soit dans sa conduite, signalée par une fidélité constante et courageuse. Un tel sujet pourra un jour exciter le talent des jeunes gens qui briguent l'honneur de vos suffrages et de vos couronnes ; mais ils n'auront point eu l'avantage de connaître cet homme excellent, de recueillir les traits brillants de sa conversation, et nous savons tous qu'il fut merveilleusement doué du don de l'impromptu que l'on peut désigner encore par ce mot : l'esprit français. Oui, il fut éminemment Français par le cœur comme par l'esprit. Un des traits qui nous font le plus chérir la mémoire du bon La Fontaine, c'est la fidélité qu'il montra pour le surintendant Fouquet, frappé d'une disgrâce implacable par un souverain digne, d'ailleurs, de donner son nom à un siècle plein de grandeurs en tous genres. La Fontaine manifesta cette fidélité par une élégie, l'un des chefs-d'œuvre de notre littérature. Jacques Delille, pour manifester la sienne, eut à braver l'effervescence révolutionnaire dans ses plus fougueux excès, et ensuite une tyrannie, la plus sanguinaire dont l'histoire ait gravé le souvenir. Ce ne fut pas seulement son nom, c'est la république des lettres qu'il honora par cette fidélité intrépide et constante pour une reine, sa bienfaitrice, longtemps adorée des Français, qui mérita toujours d'en être chérie, et dont notre postérité la plus reculée refusera de croire l'effroyable martyre.

Quelques esprits fortement imbus des préventions qu'a fait naître, vers le commencement de ce siècle, un schisme littéraire de fâcheuse mais courte durée, vont sourire avec un amer dédain à ces mots : *Eloge de Jacques Delille.* Ils affectent de le représenter comme un abbé coquet et musqué, dont l'espèce fourmillait dans les derniers temps de la monarchie, où une légèreté empreinte d'affectation paraissait le don suprême, le don envié de tous les beaux esprits ; et alors il n'était aucun homme fêté, aucun homme à la mode qui ne prétendît plus ou moins à ce titre.

Peu s'en faut qu'un ingrat et sot dédain n'ait relégué le traducteur des *Géorgiques* et du *Paradis perdu*, le chantre de l'*Imagination*, dans la fade famille des Dorat et des marquis de Pezay. Une telle opinion peut être considérée comme une des exagérations les plus iniques de l'esprit de dénigrement. C'est, pour tous ceux qui ont eu le bonheur de le connaître et qui ont pris le soin si facile et si doux d'étudier ses productions, un devoir de protester contre un mépris qui ne peut être que simulé. A tous ceux-là sa renommée apparaît encore dans tout l'éclat et la pureté dont elle brilla dans les derniers beaux jours de la monarchie ; ajoutons qu'elle parut devenir plus radieuse quand nous fûmes délivrés des fléaux révolutionnaires.

De grandes renommées littéraires se sont élevées de nos jours ; je me garderai bien d'en contester ou d'en affaiblir l'éclat, moi qui ai autant de raisons d'aimer la personne de mes illustres contemporains que d'admirer leurs talents. Mais c'est mal les servir que de les honorer par un zèle iconoclaste qui brise avec fureur des statues, objets d'un respect religieux, pour faire plus resplendir des renommées contemporaines. Si l'on continuait cette guerre aux morts, aux auteurs chéris qui nous ont nourris de douces impressions, on ferait de notre Parnasse un Panthéon désolé, où l'on ne rencontrerait plus que des statues mutilées par nos mains mêmes.

On conseillait au père d'Alexandre d'abattre la ville d'Athènes, lorsqu'il s'en rendit maître, après la bataille de Chéronée : « Je me garderai bien, s'écria-t-il, de » détruire un temple de la gloire, moi qui ne travaille » que pour elle ! »

Autrefois on a contesté avec rigueur, et maintenant on relève avec une âpreté impitoyable les défauts trop réels des compositions didactiques de notre poète. Malheur à qui ne sentirait point le charme si varié d'un grand nombre de ses tableaux ! Sur ce point, il lui est donné d'atteindre à la perfection. Ceux qui prétendent abaisser sa mémoire, pour ne lui donner d'autre titre que celui d'un habile versificateur, se flattent-ils de chasser de notre souvenir, de notre âme, ces tableaux qui s'y sont gravés d'eux-mêmes, et que notre vieil âge retient encore avec amour ? C'est quelquefois le fond de notre cœur ; c'est, le plus souvent, un attrait invincible qui nous rend rebelles à cet arrêt de proscription. Nous avons plus que de l'indulgence pour ses défauts ; ils ressemblent à ceux d'Ovide, qui nous plaît par ses défauts mêmes, et dont le sévère Quintilien n'a pu nier l'agrément et n'a châtié qu'avec réserve l'agréable abondance. Ce sont des défauts qui appartiennent à notre nation, et surtout au siècle où le poète a fleuri. Faut-il nous armer d'une rigueur austère, lorsque, dans sa lutte avec Virgile, il se sent terrassé par une image qu'il trouve à chaque instant plus belle, à mesure qu'il la médite ; lorsque, dans son désespoir de l'atteindre, il cherche à remplacer une beauté, que son beau goût déclare inimitable, par une grâce facile? Le Français se laisse aisément désarmer par la grâce. « Comme tu laboures, » disait à notre poète un de ses amis, lorsqu'il le voyait sans cesse occupé à refaire sa traduction des *Géorgiques.* Cet ami était Barthe, poète froidement érotique, et qui limait beaucoup des bagatelles à grandes prétentions. — « Tu laboures aussi, toi, lui répondit Delille, mais c'est sur un sol maigre. Je souhaite à tes bouquets de doux parfums et de fraîches couleurs ; moi, je songe à ma moisson. » Cette moisson paya magnifiquement les soins du scrupuleux poète : il fut généralement célébré comme venant d'ajouter un nouveau titre et de nouvelles richesses à notre gloire poétique. On lui sut gré d'avoir tenté une rivalité audacieuse avec le poète qui, chez les anciens, éleva le sentiment du goût jusqu'au sublime, et pour lequel la critique a réservé le mot de perfection, qu'elle n'a depuis accordé qu'à notre Racine. Voltaire, suprême arbitre des réputations, tressaillit de joie en reconnaissant, dans la traduction des *Géorgiques,* quelques-uns des plus purs accents de Virgile, le véritable dieu de son temple du goût. Je ne sais s'il prit plaisir à rabaisser la gloire de quelques hommes dont le génie épouvantait le sien ; mais plus il vieillissait, plus il rendait un culte fervent à deux poètes dont la perfection continue le charmait en le désolant : Virgile et Racine. Aussi parut-il triompher en voyant un poète français s'approcher quelquefois du premier, en le répétant comme un écho mélodieux. Le mérite d'une traduction, même en vers, est sans doute d'un ordre secondaire ; ne lui demandez pas tout le feu d'une création ; mais il faut que le poète se révèle par d'heureux jets de flamme. Sa physionomie doit se modeler sans contrainte sur celle du dieu qu'il adore et qui parle par sa bouche ; c'est une inspiration de second souffle. C'est ainsi qu'en contemplant l'Apollon pythien, il nous semble que notre figure resplendit d'une beauté nouvelle. Ce poète ne parlait qu'à une seule nation, n'avait pour instrument qu'une seule langue ; il va parler à toutes, il va en augmenter la puissance, les richesses et l'harmonie. Il n'était admiré par le vulgaire que sur parole ; il va, jusque dans des pays lointains, féconder les intelligences, répandre une flamme céleste, et peut-être produire l'éveil du génie. C'était un fleuve qui roulait de loin, sur des sommets escarpés et du plus difficile accès. On n'entendait qu'avec des sons confus le bruit de ses ondes majestueuses. Dégagé de mille obstacles, il descend, il se promène de vallons en vallons. A mesure qu'il se rapproche, on jouit d'une harmonie plus distincte, d'un sentiment de beau plus complet, et le goût s'enrichit des profondes émotions du cœur. Oui, notre cœur s'est élargi par l'admiration et la sympathie qui mêlent ensemble leur puissance ; nous reconnaissons nos passions, nos douleurs, nos propres infortunes, dans celles qui furent chantées à une si longue distance de nous et de notre siècle. Est-il un exilé qui ne croie reconnaître ses propres plaintes dans celles que le pasteur de Mantoue prête, avec des accents si simples et si pathétiques, aux laboureurs, aux bergers, victimes des proscriptions et chassés, par la cruelle politique, des champs que leurs mains cultivaient avec tant d'amour !

Heureux le poète dont on sait les vers *par cœur !* Vous entendez la douce et vaste signification de cette locution familière *par cœur*..... Oui, c'est dans le cœur que les beaux vers viennent souvent établir leur sanctuaire. La mémoire qui veut en embellir son domaine bénit le mécanisme qui favorise son travail, sa conquête. C'est un avantage que le poète conserve par-dessus le philosophe et l'orateur. Le rythme chez les anciens, et chez nous la rime, supplément nécessaire et agréable d'une mesure peu variée, peu sonore, n'ont point été des inventions futiles. Ce sont les courriers, les éclaireurs de la mémoire ; mais leur travail veut être secondé et ennobli par le concours de deux facultés plus hautes : l'imagination et le sentiment. Voilà pourquoi la poésie, lorsqu'elle est empreinte de ce double caractère, est impérissable.

Les beaux vers sont les proverbes à l'usage des

esprits supérieurs, et souvent les oracles permanents des grandes âmes. Ils inspirent encore les belles actions à une postérité reculée. Ils vous sont devenus si familiers, d'un usage si commode, d'un commerce si intime, que vous êtes tentés de les compter au nombre de vos propres richesses. Ils sont pour nous comme ces dieux domestiques, ces dieux lares des anciens. Ils prennent place à vos foyers ; ils égaient, ils ennoblissent vos fêtes de famille. Vous ne pouvez déménager sans les porter avec vous. Pieux Énées, ils protégent votre retraite, votre fuite. Ils relèvent votre courage qui tombe, votre âme qui s'affaisse, et vous apprennent que, jusqu'au sein de ces grandes calamités où vous voyez succomber votre patrie tout entière, il vous reste encore un moyen de salut, et vous conduisent à une ascension sublime, celle du ciel même. Toute poésie qui ne peut, au moins par moment, s'élever jusque-là est une lettre morte, un son vague qui n'a point de prise sur notre âme. Ainsi, grâce aux soins d'heureux imitateurs, des littératures diverses prennent un air de consanguinité qui les embellit ; ce sont des sœurs dont chacune a sa physionomie distincte, son allure à part, et qui pourtant se ressemblent par des traits primitifs.

Facies non omnibus una
Nec diversa tamen qualem decet esse sororum.

C'est à Ovide que j'emprunte cette gracieuse comparaison.

La France est le pays de l'Europe où les conséquences d'un succès, et surtout d'un succès littéraire, se déroulent avec le plus de rapidité et d'entraînement. Mais il est bon que la première manifestation d'un talent distingué soit secondée par des qualités aimables et par un tact délicat qui vous établissent dans une situation nouvelle, comme si elle vous était familière. L'abbé Delille était éminemment doué du don d'à-propos et du sentiment des convenances. C'était un de ces esprits que Montaigne appelle primesautier, auquel le trait vif, spirituel, échappe du premier jet et sans recherche. Le poète auvergnat conservait à Paris, et jusque dans les sociétés brillantes, l'air libre et franc, la gaîté cordiale d'un jeune montagnard que le monde peut façonner, mais qu'il ne peut corrompre.

La pauvreté avait été un des aiguillons de son talent. Il n'avait été aidé, pour parcourir avec éclat le long cercle des études scolastiques, que par une pension viagère de cent écus. On croit qu'il tenait de fort près par le sang à son bienfaiteur. Il se soutint à Paris, pendant quelques années, en donnant des leçons à deux jeunes camarades plus fortunés que lui.

Ce fut à un prix modique, 15 ou 1,800 fr., qu'il vendit la traduction des *Géorgiques*, qui fut une source de fortune pour les éditeurs successifs. Quand il commença ce bel ouvrage, il n'était encore qu'un maître d'études, occupé à enseigner aux enfants les premières règles de la syntaxe. Il fut nommé professeur de poésie latine dans l'un des principaux colléges de Paris, et bientôt au collége de France. Un nombreux public fut appelé à goûter la grâce et la sage élégance de son élocution. Quel bonheur pour lui de communiquer à de jeunes âmes l'enthousiasme dont il était rempli pour les maîtres du Parnasse et pour son cher Virgile! Souvent un beau vers improvisé jaillissait de sa traduction. Ses jeunes auditeurs étaient ravis, et il se sentait encore plus exalté par leur naïve et soudaine admiration. Le passage de la première éducation, plus ou moins sévère et refrognée, à l'éducation vraiment libérale, où le sentiment du beau se révèle et se perfectionne sans effort, peut être comparé au passage du rude hiver à la saison gracieuse où chaque bouton devient une fleur, et où chaque fleur promet un fruit. Ces arbres qui, pendant l'hiver, ballotés par les vents, ne formaient qu'un concert lugubre, retentissent maintenant de l'harmonie la plus variée et la plus délicieuse, se décorent de mille agréments, de mille richesses. Ces auteurs grecs et latins, qui rappelaient au faible adolescent tant de pénibles efforts, tant de disgrâces cruelles, deviennent, pour ce même adolescent, plus près de l'âge adulte, des instituteurs gracieux qui parlent à son âme, qui la flattent et la fécondent, et qui la mettent en commerce avec les plus beaux génies et les plus belles âmes de l'antiquité; il rétracte en son cœur les malédictions qu'il leur a données dans son inexpérience, et redouble pour eux de culte, comme pour réparer des injustices passagères.

Ainsi l'abbé Delille prit en quelque sorte l'initiative de ce beau mouvement qui, plus tard, devait raffermir notre gloire littéraire et donner un nouveau lustre à l'Université de France. Une précieuse récompense paraissait assurée au brillant traducteur des *Géorgiques*, c'était l'entrée à l'Académie Française ; déjà il y était appelé par le vœu de Voltaire, qui lui avait décerné le brevet de poète, sans trop s'enquérir s'il était philosophe.

Deux fauteuils se trouvaient vacants. Delille obtint le premier et Suard le second. Celui-ci rachetait le défaut de verve et de fécondité par deux qualités qu'on élevait alors bien haut : le bon goût et le bon ton. Ces deux choix devaient paraître fort indifférents au grand débat qui agitait alors les esprits : celui de la religion et de la littérature. L'Académie Française, qu'animait de loin le souffle de Voltaire, venait de donner plus d'un signe de faveur à l'opinion philosophique. Louis XV s'en était ému, et par une bizarrerie digne de l'époque la plus fertile en inconséquences, ses scrupules montés jusqu'à l'excès, quoique tardifs, lui furent inspirés par le maréchal de Richelieu, l'un de ces hommes habiles à couvrir la corruption d'un vernis d'élégance, et qui professent autant de mépris pour la morale que pour la religion. Il s'agissait de donner un soufflet à Voltaire, que Richelieu boudait, et l'Académie Française était chargée de le recevoir. Le roi refusa sa sanction aux deux nouveaux choix ; personne ne put comprendre le motif de cette rigueur inaccoutumée, qui

n'avait encore été exercée que contre Jean La Fontaine.
Louis XIV avait voulu punir dans le fabuliste inimitable
l'auteur de contes licencieux.; mais ici tout prétexte
manquait. On ne devinait pas que c'était une espièglerie
que le maréchal de Richelieu rendait à Voltaire qui, de
temps en temps, ne pouvait s'abstenir de quelques
boutades contre son héros, son Alcibiade. Qui des deux
était le protecteur de l'autre? Je crois que Voltaire
avait quelque droit à ce titre, car la renommée du
vainqueur de Port-Mahon eut souvent besoin d'être
protégée. Voltaire avait ressenti vivement l'affront qu'on
lui faisait dans la personne du poète qu'il aimait. Il
trouva bientôt le moyen de relever son crédit auprès
du monarque, à l'aide de quelques vers flatteurs adressés
à la comtesse Dubarry, qu'il appelait l'*adorable Egérie*.
Mme Dubarry demanda quelle était cette Egérie, et dut
être fort surprise d'apprendre que c'était une déesse,
ou tout au moins une nymphe, qui avait des rendez-
vous nocturnes avec le pieux roi Numa, et qui les
employait à lui dicter son code de lois et de cérémonies
religieuses qui gouverna Rome tant qu'elle fut la reine
du monde. Elle ne parlait plus de Voltaire qu'avec
admiration. Les scrupules dévots de Louis XV et du
maréchal de Richelieu se calmèrent. Voltaire saisit cette
occasion de réparer l'injustice faite au poète qu'il
favorisait, et les deux premiers fauteuils qui vaquèrent
furent donnés avec empressement, et sans opposition
du roi, aux deux hommes de lettres qu'il venait de
repousser sans trop savoir pourquoi.

Déjà l'abbé Delille s'occupait du poème des *Jardins*, sujet que Virgile gémissait de n'avoir pu remplir dans sa riante étendue. On peut présumer quel en eût été le charme, par des vers délicieux où il décrit en courant le modeste jardin du vieillard de Galèse. Delille, pour échapper à la sécheresse du genre didactique, découpait son sujet dans différents tableaux, qu'il traitait avec une inspiration mobile; méthode peut-être vicieuse qui fait trop perdre de vue le mérite suprême de l'unité de composition. Mais il était séduit et séduisait lui-même son auditoire par une lecture pleine de feu, exempte d'emphase, et qui ressemblait quelquefois au ton d'une conversation élégante.

C'était une fête et un privilége très-recherchés par les gens du monde, que d'assister à ses lectures. La jeune et brillante cour de Marie-Antoinette ne voulut pas qu'une froide étiquette la privât de ce genre de plaisir. L'abbé Delille, présenté par le comte de Vaudreuil, charma un auguste auditoire par la beauté de ses vers, par la grâce de son débit et par les heureux à propos de sa conversation. Cette bienveillance parut à ses amis un gage de la fortune à laquelle il pouvait atteindre. La soutane qu'il portait lui en facilitait merveilleusement les avenues. Au lieu de la modique pension réservée aux Gens de Lettres en faveur, il pouvait espérer un de ces jolis bénéfices, de ces prieurés, de ces abbayes, dont le revenu assez considérable n'imposait que des charges faciles et souvent illusoires.

Recommandé d'en haut, il ne tarda pas à se présenter chez le prélat qui avait alors la feuille, c'est-à-dire la distribution des bénéfices. Il en fut reçu de la manière la plus favorable. J'ai oublié le nom de ce prélat; je sais seulement qu'il était d'origine gasconne. Il était ami des Lettres, et ne demandait pas mieux que d'en avoir le renom. Ainsi l'abbé poète se présentait à lui avec une double recommandation, celle de Virgile et celle de la reine. Je crois bien que la seconde était la plus puissante. Aussi le bénéfice fut-il promis presque aussitôt que demandé. Le prélat lui en fit valoir tous les avantages dans une complaisante énumération. Comme l'abbé Delille allait se retirer, pénétré de reconnaissance et ne sachant en quels termes l'exprimer, l'officieux prélat le retint pour lui faire cette simple question : « Mon cher abbé, lui dit-il, vous êtes prêtre sans doute ? » Il n'y a pas d'autre condition pour être promu à ce » riche bénéfice. » — Cette question fut un coup de foudre pour l'abbé Delille; il fut obligé de répondre qu'il n'avait pas ce bonheur et qu'il était seulement entré dans les ordres. — « Ah ! voilà qui détruit tout, » répondit le prélat avec l'accent d'une douleur pro- » fonde; cette condition est de rigueur, et je suis dé- » sespéré de ne pouvoir remplir un vœu de Sa Majesté. »

Peu de temps après, l'abbé Delille se sentit ranimé dans ses plus brillantes espérances, en recevant une lettre de l'officieux prélat qui l'invitait, dans les termes les plus flatteurs, à se rendre auprès de sa personne.

L'accueil fut encore plus expansif que dans la première entrevue. — « Je vous félicite, mon cher abbé, lui dit » son protecteur, de l'intérêt que vous inspirez à d'au- » gustes personnages. Voilà qu'à la recommandation » pressante de la reine, se joint celle des deux frères du » roi. Monsieur montre surtout le plus grand zèle pour » l'heureux imitateur de Virgile. Pour moi, j'étais bien » désolé de n'avoir pu réussir à seconder un vœu de » Sa Majesté. L'occasion me favorise : il vaque un » très-joli prieuré pour lequel la condition de prêtrise » n'est point imposée ; je m'en suis informé ; il suffit » d'être diacre. — Hélas ! Monseigneur, reprit l'abbé, » vous me voyez plus que jamais confus et désespéré, » je ne suis que sous-diacre. — Ah malheureux ! reprit » le prélat, pourquoi vous êtes-vous ainsi arrêté à » l'entrée du sanctuaire. Je ne puis rien faire pour » vous, malgré tout mon zèle. »

Ce second échec avertit le poète de faire un pas de plus dans les ordres de l'Église. Il reçut le diaconat et bientôt fut pourvu d'un délectable prieuré. Mais ce qui favorisa le plus son ambition, ce fut le brillant succès de son poème des *Jardins*, et surtout un joli bouquet poétique adressé à la reine dans ces deux vers, qu'on se plût alors à répéter :

Semblable à son auguste et jeune déité,
Trianon joint la grâce avec la majesté.

Il n'eut que bien peu de temps à jouir de cette indé-

2

pendance qui conserve le talent dans toute sa fraîcheur. La Révolution, qui grandissait à vue d'œil, ouvrait déjà sa grande bouche pour dévorer toutes ces richesses ecclésiastiques que la piété de nos pères avait créées souvent avec profusion.

Le succès du poème des *Jardins* confirma celui de la traduction des *Géorgiques*, mais ne fut pas aussi général. Ce fut ce qu'on appelle un succès de mode. L'auteur ne l'avait que trop habilement préparé, en flattant l'esprit du jour ; mais le poème étincelait de vers charmants et surtout de jolis vers. On n'osa plus refuser au traducteur de Virgile le titre de poète, que certains critiques lui déniaient encore, en le réduisant au mérite un peu mécanique de versificateur. Je lis dans une biographie que onze éditions de ce poème avaient déjà paru avant que la critique eût osé prononcer contre lui ses arrêts sévères. Mais il en parut une très-propre à satisfaire l'envie et la malignité, et que le goût ne pouvait pas désapprouver. Rivarol, qu'on rangeait alors parmi les beaux esprits, mais qui depuis mérita un titre plus élevé par le jugement sévère et plein de force qu'il porta sur la Révolution naissante, fit paraître une critique ingénieuse du poème des *Jardins*. Il y faisait parler le chou et le navet qui se plaignaient, dans des vers très-piquants, d'avoir été dédaignés par le chantre des *Jardins*. On ne pouvait pas frapper plus juste, ni mieux rencontrer le défaut essentiel du poème. Il aurait pu aussi faire parler les laitues, dont la culture paraissait à Dioclétien préférable au gouvernement de l'empire du monde.

Le favori ou plutôt l'ami de Mécène, Horace, ne s'avise point de décrire, pour le flatter, les magnificences champêtres dont le ministre d'Auguste a embelli son jardin de Tibur, et ne nous fait pas même entendre le bruit des cascades sonores qui entretiennent une fraîcheur éternelle dans ce délicieux séjour; non, il aime mieux nous vanter le bonheur philosophique que lui-même sait goûter dans l'étroit domaine qu'il possède au pays des Sabins. Il gourmande avec colère l'orgueil des riches patriciens qui engloutissent dans leurs enclos démesurés la demeure et le champ du colon laborieux, l'arrachent à ses dieux domestiques, et il s'écrie, avec un accent prophétique, que bientôt dans la féconde Italie les parcs somptueux ne laisseront plus de place à la charrue ! Le poète semble ici inspiré par un trop juste pressentiment. En effet, les Romains eurent beaucoup à se repentir d'avoir pourvu à la subsistance de Rome par des secours venus de loin, et ce fut une des causes de la décadence et de la chute de la superbe maîtresse du monde. Il eût été beau de voir l'heureux traducteur de Virgile remplir le cadre que son maître semblait avoir indiqué pour célébrer les jardins. Les bases en avaient été posées dans les admirables vers où Virgile retrace le jardin du vieillard de Galèse, dans sa simplicité, dans sa fécondité gracieuse. Rien dans ce tableau ne respire la grandeur et la magnificence des jardins de César ou de Lucullus ; c'est le jardin de la médiocrité patiente et laborieuse. Le vieillard a fait sans bruit ses conquêtes sur un sol ingrat ; il a songé aux délices de sa table frugale, aussi bien qu'au charme de ses yeux et de son odorat. Les légumes savoureux et les fruits délectables y croissent à côté de l'humble violette et du superbe lys. Aussi quels fruits l'heureux vieillard ne retire-t-il pas de ses soins ? Dans sa pensée, il égale les richesses des rois ; j'ajoute qu'il peut se flatter de goûter un bonheur plus pur que celui des conquérants. Il n'a point envahi des palais, il n'a point couvert de ruines et de sang des villes florissantes ; dans ses modestes conquêtes, il n'a employé d'autre arme que la bêche. Le poète doit se faire une loi de peindre, dans leur charme le plus pur, les dons que la nature n'a point refusés à la médiocrité, à la pauvreté même. Il doit, par ce soin ingénieux, concourir aux vœux du philosophe. C'est une leçon qu'Homère lui-même semble avoir donnée au poète, quand il décrit le jardin du bon roi Alcinoüs, jardin si simple et de si bon goût qu'avec une médiocre fortune on peut se flatter d'en retracer ou du moins d'en esquisser le modèle.

Il ne s'agit point, en célébrant les jardins, d'ajouter quelque chose aux jouissances et à l'orgueil des princes de la terre, ni de réveiller leurs sensations émoussées par la continuité des plaisirs. Il est plus beau, il est plus doux de montrer à des hommes, qui n'ont dû quelques avares faveurs de la fortune et de la gloire qu'à leur travail, combien la nature a mis à leur portée les plaisirs les plus faciles et les meilleurs. Ce n'est point le dessinateur le plus habile qui sait le mieux parer un jardin ; c'est une conscience satisfaite, un cœur religieux et tendrement ému. Je ne sais pas quel charme peut avoir une chaumière arrangée avec goût, dans un parc magnifique, pour un conquérant qui se souvient d'en avoir brulé cent mille.

Delille s'est trop occupé des parcs et des jardins somptueux. Il semble les avoir considérés comme des poèmes exécutés sur le terrain, et leur donne d'immenses proportions. Ce défaut, déjà remarqué dans les premières éditions du poème, s'est beaucoup aggravé dans les additions successives qu'il y fit au milieu des traverses de sa vie errante. Il y acquitte trop fidèlement la dette de l'hospitalité envers des princes et d'opulents seigneurs qui l'accueillent dans leurs parcs, si ingénieusement et si magnifiquement décorés. L'opulence me poursuit jusque dans des descriptions champêtres, et prétend trop me captiver par ses créations et ses somptueux caprices. Je cherche un bosquet solitaire pour me recueillir, une ferme pour me rappeler les travaux sérieux et les danses sous l'ormeau. Voilà ce que Delille sait souvent décrire, en vrai disciple de Virgile ; mais pourquoi chercher encore le luxe quand la simplicité est si gracieuse ?

L'audace du poète fut accrue par ce nouveau succès. Il n'osait pourtant pas sortir du genre didactique, quoiqu'il fût souvent importuné des lois sévères et surtout de l'aridité que présente ce genre de composition et du ton doctoral qu'on est forcé d'y prendre. Mais, pour ne pas manquer d'air et d'espace, il choisit le sujet le plus illimité, et, en apparence, le plus favorable aux richesses poétiques : l'imagination, cette faculté puissante où l'univers peut se reproduire tout entier, et qui nous donne l'illusion d'un pouvoir créateur qu'un seul être s'est réservé. Un choix qui paraissait si téméraire convenait pourtant à cet esprit qui plaisait par sa mobilité même. Il voyait s'ouvrir devant lui une immense galerie de tableaux, et songeait plus aux moyens d'en varier le coloris, d'en accroître le charme, qu'à la nécessité de les unir dans un cadre puissant et bien coordonné. Ses lectures, ses voyages, ses entretiens, les passions les plus profondes dont son âme pouvait être pénétrée, allaient devenir pour lui des sujets d'inspiration. Il ne fallait que céder à ses impressions du moment, et se les reproduire avec force. Les événements qui allaient agiter et tourmenter la fin de ce siècle devaient se succéder avec une rapidité si effrayante, avec un si épouvantable fracas, que le génie de Virgile lui-même en eût été déconcerté, et que le Tasse et l'Arioste n'auraient pu songer, dans leur effroi, qu'à briser leurs pinceaux.

L'approche de ces événements ne s'annonçait encore que par un tonnerre lointain, et l'imagination pouvait revêtir des couleurs les plus spécieuses les nuages qui flottaient sur nos têtes. Ce fut dans cet intervalle un peu lucide que notre poète saisit l'occasion la plus favorable de faire un voyage sur le sol inspirateur de la Grèce. Son ami, le comte de Choiseuil-Gouffier, venait d'être nommé ambassadeur à Constantinople ; il témoigna le désir de l'avoir pour compagnon de voyage. C'était un véritable bienfait pour le poète. Le voyage de la Grèce a été raconté avec des couleurs si ravissantes par deux grands poètes de notre époque, Chateaubriand et Lamartine, qu'il me paraît superflu de rappeler une élégante relation faite en courant par l'abbé Delille. Je ne veux recueillir de son voyage qu'une anecdote assez piquante. Des forbans eurent l'impertinente audace de poursuivre le navire qui portait notre ambassadeur à Constantinople. Ils mirent un tel acharnement dans cette poursuite, que l'équipage français ne paraissait pas exempt de frayeur. Voici comment notre poète montra son émotion et sa colère : « Ces coquins, dit-il, ne songent donc pas aux vers sanglants que je vais faire contre eux ! » Il eut, à son retour en France, une occasion bien autrement sérieuse de montrer la constance de son âme. La Révolution venait de renverser les faibles digues qui ralentissaient son cours sans le rompre. C'est le génie du Dante qui seul pourrait s'emparer d'événements si terribles. Et encore, qu'est-ce que les révolutions de cités, telles que Pise, Sienne et Florence auprès de celle-ci, véritable Révolution de Titans ?

Je me souviens de la première occasion que j'eus de voir l'abbé Delille, et de saluer en lui le survivant de la poésie française qui se mourait lentement sous les coups d'une Révolution terrible et au cri du barbare *Ça ira*. C'était dans un cercle nombreux, présidé par une femme aimable et d'un esprit distingué, Mme Lecouteux-Dumolé. Nombre d'hommes célèbres à différents titres décoraient cette réunion. Parmi eux, plusieurs personnages qui jouaient un rôle plus ou moins brillant à l'Assemblée constituante. L'objet indiqué pour cette réunion était la lecture d'un épisode du poème de l'*Imagination*, faite par son auteur. Le sujet était un accident terrible arrivé au peintre Robert dans les catacombes de Rome. Cet épisode jouissait déjà d'une grande célébrité avant la publication du poème; quelque plaisir qu'on s'en promît, il fallut d'abord satisfaire à la politique du jour et s'occuper des délibérations de l'Assemblée constituante. La séance avait été fort orageuse; on s'occupait de la vente, déjà décrétée, des biens de l'Église. La résistance du clergé et de tout le côté droit, composé des ennemis les plus inflexibles de la Révolution, avait été dans cette séance d'une violence extrême. Comme les membres du côté gauche, c'est-à-dire démocratique, étaient nombreux dans cette réunion, ils s'exhalaient en plaintes, en murmures contre les cris furieux qu'ils avaient entendus. L'abbé Delille était une des victimes que les nouvelles mesures venaient de frapper. On lui avait confisqué, moyennant une indemnité si faible qu'elle paraissait dérisoire, son joli prieuré, c'est-à-dire un revenu de 18,000 fr. Il avait longtemps gardé le silence pendant que son parti était l'objet d'imprécations furieuses. Il le rompit enfin, et s'écria, mais d'un air calme et riant : « Pardon, Messieurs, vous me rappelez une farce de la Comédie italienne qui m'a fait rire dans ma jeunesse. Scaramouche, chef de brigands, tombe de nuit sur le pauvre Arlequin, le bat et le dépouille. Arlequin, revenu de sa première stupeur, tâche à la fin de se défendre en garçon de courage. « Misérable, s'écrie » Scaramouche, tu déchires ma cravatte. » Il me semble, Messieurs, que voilà une assez fidèle image de la résistance qui vous indigne si fort aujourd'hui et des torts de ce pauvre clergé. » Tout le cercle accueillit cette allusion avec de grands éclats de rire, et l'on s'empressa de faire trève à ces emportements politiques pour écouter l'épisode des catacombes qui, admirablement lu par l'auteur, obtint les plus vifs applaudissements.

Notre poète n'avait touché à la fortune que pour se voir dépouillé, presque au même moment, des faveurs qu'il en avait reçues. Ce n'était pas la plaie la plus profonde dont son âme eût été déchirée à cette époque d'un bouleversement universel. Les disgrâces qui accablaient ses augustes bienfaiteurs le navraient beaucoup plus que la perte d'un bienfait éphémère. Il les pleura d'autant plus religieusement qu'il fallait du courage pour les pleurer. Il s'établit courtisan du malheur; il se voua au culte des autels renversés. Il avait de nombreux amis dans les camps qui se trouvaient en présence; il ne visita plus guère que celui des vaincus. Il avait avec eux quelques rapports de position. Par ses espérances trompées, par sa ruine, il venait s'associer à leurs douleurs, mais non à leur espoir de vengeance. Pour les âmes nobles, le malheur prête un lustre de plus à des vertus qui ont été frustrées de leurs récompenses, à des intentions généreuses qui n'ont pu devenir des bienfaits. Encore recherché par le parti qui croyait voir triompher ses doctrines, il en rejetait les illusions déjà cruellement démenties par quelques scènes horribles, d'un présage sinistre; mais il se souvenait qu'il en avait quelquefois partagé le prestige, et ne cherchait point, dans le cœur de ses anciens amis, des sentiments haineux et farouches que le sien repoussait avec horreur. Il les voyait encore avec plaisir, sans leur rien sacrifier de sa franchise et de son indépendance. Il n'était point un disciple de Voltaire, mais il se souvenait qu'il avait dû à sa chaude recommandation une brillante entrée dans le monde littéraire. Toujours bien armé contre les sollicitations pressantes de deux partis dont la fureur allait croissante, il ne voulut être le Tyrtée ni de la Révolution, ni de la Contre-Révolution. Il cédait le premier de ces rôles au poète Lebrun, qui, pour prix de quelques vers d'un enthousiasme un peu forcé pour la liberté, reçut le surnom éphémère de Pindare. Sa verve s'exhalait et se consumait en épigrammes d'un tour vif, saillant, énergique; et ne s'acharnait que trop sur des poètes et des rivaux obscurs. La Révolution, dans son essor triomphant, ne fut point favorable à la poésie, et même, pendant plusieurs années, elle en fit craindre la ruine. La philosophie du XVIIIe siècle avait voulu lui enlever son véritable domaine : le beau idéal. Ce qu'il y a de pis, c'est qu'elle l'avait trop souvent cherché dans des conditions terrestres et matérielles. Chaque jour elle allait se refroidissant et se desséchant, tantôt sous les ciseaux de l'analyse, tantôt sous le marteau de la Révolution. Il est vrai que celle-ci, dans sa marche effrénée et souvent héroïque, semblait ouvrir à la poésie une vaste mine de drames où surabondait la terreur, mais où la pitié était sinon vaincue, du moins déconcertée par la multiplicité des victimes et l'atrocité de leurs souffrances. Les accessoires des drames les plus terribles et les plus pathétiques étaient hideux, rebutants, épouvantablement grotesques. Tous avaient besoin d'un jour lointain que le temps seul pouvait offrir.

Les habitudes vulgaires et trop souvent sanglantes de la démocratie comprimaient le génie dans des chaînes ignobles, et la poésie est faite pour entrer dans une révolte perpétuelle contre le crime. Pour parler dignement le langage des dieux, il faut avoir un cœur ouvert aux seuls sentiments qui nous inspirent des transports divins. Chez nous, la poésie ne se réveilla qu'au bruit des armes et qu'aux clairons de la victoire; et encore nos triomphes militaires ne furent-ils dignement célébrés que dans les loisirs de la paix et dans les jouissances tardives d'une liberté réelle, qui n'était plus en guerre avec les lois du siècle ni avec celles de l'humanité. L'abbé Delille, pour retrouver ses premiers penchants, ses plus doux rêves et ses travaux poétiques qui allaient devenir nécessaires à son existence, chercha la solitude. Sa promenade favorite était le bois de Vincennes. Il y retrouvait les pensées et les vers qu'il avait laissés interrompus la veille. C'était là que, pour ranimer, pour rafraîchir son talent poétique, il travaillait, avec un labeur constant et pourtant capricieux, à son poème de l'*Imagination*; caressait, polissait tantôt un tableau, tantôt un autre, et comptait pour les unir sur une providence trop souvent invoquée par les poètes, c'est-à-dire sur l'imagination elle-même; mais ce n'est pas elle qui fournit le ciment le plus sûr : le merveilleux secret de l'unité est surtout le produit de la réflexion.

En revenant de ses excursions, il avait coutume de s'arrêter à un modeste café établi sur le Boulevard. Un puissant attrait lui rendit bientôt cette station délicieuse. Une jeune fille qui tenait le comptoir le charma par les agréments de sa personne et par la vivacité de sa conversation. Elle avait quitté depuis peu le village où elle était née. Rien en elle ne se ressentait d'une éducation rustique. Des malheurs de fortune avaient forcé ses parents à se réfugier dans un modeste enclos au pied des Vosges, et dans un site pittoresque. Ils n'étaient point illettrés, et rapportaient dans leur retraite quelques livres qui avaient amusé leurs loisirs dans une meilleure fortune. Ils se plaisaient surtout à cultiver les dispositions heureuses qu'annonçait leur fille. Elle s'animait vivement du désir de leur complaire et de leur faire oublier les disgrâces qui avaient réduit sévèrement leur aisance. A bien dire, elle fut à elle-même sa propre institutrice, et poussa ses études aussi loin que telle jeune fille élevée avec soin, sous des maîtres vantés. Aussi était-elle comblée de louanges, ce qui alluma en elle un orgueil salutaire pour l'humble position où elle se trouvait placée, et surtout pour le poste périlleux d'une demoiselle de comptoir, dans un café de Paris. Les œuvres de nos grands poètes lui étaient familières, et les inflexions de sa voix, en les récitant, prouvaient la justesse et la vivacité de ses impressions. Quel fut le ravissement du poète, lorsque, parmi les vers que récitait cette jolie bouche, il reconnut les siens, et qu'il entendit le délicieux épisode d'*Orphée et Eurydice*, récité avec une sensibilité si pénétrante, que l'actrice la plus renommée n'en aurait pas surpassé là perfection! Ici, c'est le poète, et surtout c'est l'amant qui parle. Notre Orphée croyait retrouver, dans cet asile bruyant et peut-être enfumé, l'Eurydice qu'il avait en vain cherchée dans les sociétés brillantes. Son imagination lui prêtait sans doute les couleurs les plus ravissantes. Il croyait retrouver près d'elle l'ingénuité des premières amours. Ce n'était pas en vain que, dans ses promenades au bois de Vincennes, il faisait des appels à sa déesse, l'Imagination. Il est vraisemblable qu'elle embellissait complaisamment l'objet de son nouveau culte. Je n'ai connu cette personne, devenue Mme Delille, que douze ans après l'époque dont je retrace ici assez péniblement l'esquisse, car mon imagination est bien loin de suivre le vol brillant de la sienne. Celle qui inspira un amour si profond, si durable, et qui fit le bonheur d'un homme excellent, en était digne sans doute par des qualités d'un ordre supérieur. La plus précieuse de toutes était un dévouement de toutes les minutes et fait pour supporter toutes les épreuves. Son esprit était prompt et juste. Elle portait dans sa mémoire une édition complète des œuvres de son mari. Elle les transcrivait dans des copies multipliées et élégantes.

Ses traits étaient plus réguliers que distingués ; sa physionomie variait au gré d'une humeur inégale. Son caractère était fier, irascible ; elle entretenait soigneusement dans son mari l'indépendance qui, sous le gouvernement magnifique de Napoléon, lui faisait refuser toutes les places offertes à son ambition, et qu'il eût fallu payer par des sacrifices pénibles à son cœur et à la fidélité de ses souvenirs.

Voilà des détails qui paraissent bien oiseux et surtout très-vulgaires dans la vie de l'un de nos plus célèbres poètes ; mais il me semble, quand je les retrace, voir son ombre qui me sourit amicalement et me remercie du soin que je prends d'intéresser à celle que, tant de fois et avec une si pleine effusion de sentiments, il a nommée son Antigone. Son amour fut sans doute poussé jusqu'à la faiblesse, et diverses anecdotes que je vais rapporter en feront foi ; mais on pardonne aisément les exagérations de l'amour, et surtout celles d'un cœur reconnaissant.

Cependant la Révolution suivait la progression de ses fureurs et n'hésitait plus à se déclarer tyrannie, en confondant ensemble ces deux mots : terreur et liberté. On croyait lire partout cette devise : Cache ta vie, cache ton nom, cache ta gloire, ta richesse ; cache surtout tes regrets, tes larmes et tous les meilleurs sentiments de ton cœur ! Delille s'ensevelit dans l'incognito le plus profond. Celle qui allait devenir la compagne, le guide de sa vie, surveilla tous ses dangers, et sut y parer plus d'une fois. Tout désignait en lui un poète favori de cette cour, dont on poursuivait les restes avec une cruauté insatiable. Il était au comble de ses alarmes, de son horreur, de ses regrets pour tant de nobles victimes que la mort frappait chaque jour par centaines, lorsqu'on vint l'avertir que le rhéteur sanguinaire, que Robespierre lui-même, lui demandait un dithyrambe pour être chanté dans sa fête de l'Être suprême. Il savait que le tyran avait souvent la coutume d'avilir ceux dont il avait résolu la mort. Il avait horreur d'associer pour un moment son nom à celui de l'exécrable pontife de l'Être suprême, qu'il n'invoquait que pour

en faire un dieu de sang, un dieu de la Tauride. Il eut le courage de refuser; mais, sur les représentations de ses amis, il composa à la hâte un dithyrambe avec la certitude qu'il ne serait pas agréé. Il s'était réservé le plaisir fort dangereux d'y faire entendre le véritable cri sorti de son âme par ces mots : « Que je hais les tyrans ! » et par ceux-ci : « Tremblez, tyrans ! vous êtes immortels ! » C'était là une mauvaise manière de parer à ses dangers. Heureusement Robespierre ne survécut qu'un petit nombre de jours à son triomphe et à sa fête blasphématoire. Son supplice parut à la France et au monde la plus évidente démonstration de l'existence d'un Dieu vengeur du crime.

Ici, le fil de la biographie se rompt entre mes mains. Dix ou douze années de la vie du poète échappent à mes récits familiers, et ce sont celles où son talent s'est produit avec une activité et une fécondité merveilleuses. Elles se sont écoulées tantôt dans une obscure et profonde retraite, tantôt sur le sol étranger, et particulièrement sur celui de l'Angleterre. La journée du 9 thermidor, celle qui sembla rendre la faculté de respirer à une génération épuisée de tortures, permit à Jacques Delille de s'absenter de Paris. Il alla d'abord établir sa retraite au pied des Vosges, dans la patrie de celle qu'il destinait à l'honneur d'être son épouse, et qui le devint dès qu'il eut obtenu de la cour de Rome une dispense qui l'affranchissait d'un vœu fait à l'Eglise. Heureux de retrouver au pied de ces montagnes l'essor

facile et les riches couleurs de son talent poétique,
il ne désespéra plus de s'ouvrir par le travail une
voie à l'aisance et à une gloire qu'il regardait à peine
comme ébauchée par les essais de sa jeunesse et de
son âge mûr. Bientôt il conçut un désir immodéré de
se rapprocher de ses amis, de ses bienfaiteurs, pour
la plupart voués à l'exil, et de pleurer avec eux les
ombres illustres toujours présentes à son cœur. Il fit
de là différentes excursions, soit en Suisse, soit en
Allemagne, également accueilli et fêté dans les cours
des princes allemands et dans les cantons helvétiques.
Quoiqu'il n'eût rien des mœurs et de l'humeur adroite-
ment versatile d'Alcibiade, il avait comme lui le secret
de plaire partout. Sa gloire poétique le précédait; il
obtenait le même succès chez les fiers et simples enfants de Guillaume Tell, et chez des dames allemandes
ou polonaises, qui trouvaient un douloureux plaisir à
s'entretenir avec lui des splendeurs éclipsées de la cour
de Versailles, et à mêler leurs larmes aux siennes,
lorsque, dans des vers sortis du cœur, il déplorait les
malheurs des augustes victimes et des sublimes héroïnes
de la Révolution. Oh! comme les exilés nombreux qui
assistaient à ces lectures se pressaient autour de lui,
serraient ses mains et les arrosaient de pleurs, lorsqu'il vouait le culte de la douleur à sa bienfaitrice
adorée, à cette Marie-Antoinette, douée d'un si noble
cœur, d'un si auguste et si gracieux aspect! lorsqu'il
ne reculait pas, dans sa pitié intrépide, devant les épou-

3

vantables et ignominieux détails du supplice de cette reine qui fut une Marie Stuart innocente; innocente, oui, tant qu'en France on ne mettra pas la frivolité et quelques nuances de coquetterie au nombre des crimes ! Ce fut au milieu de ses pérégrinations qu'il composa son poème de la *Pitié*, et quel Français était plus digne d'être le chantre de ce puissant lien des sociétés humaines. Je me souviens de l'impression que produisit parmi nous ce poème, vers la dernière année du XVIIIe siècle. Personne n'avait le sang-froid de juger seulement comme une œuvre littéraire ce poème expiatoire, consacré au deuil de tous les nobles cœurs, soit en France, soit chez l'étranger ; et ce sang-froid, je ne l'ai pas même aujourd'hui.

La variété lui tenait lieu de repos. Lorsque l'inspiration faiblissait, l'esprit et le goût étaient toujours prêts à la remplacer. Il se complaisait aux difficultés ; c'étaient des luttes perpétuelles où la victoire lui semblait assurée. Surtout il restait fidèle au vœu qu'il avait formé d'enrichir notre langue poétique par des tours nouveaux, par des mots que personne n'avait encore osé faire sortir du domaine de la conversation familière. Par une épithète ingénieuse et quelquefois hardie, il leur créait des titres de noblesse. Il continuait, en l'étendant beaucoup, la tâche de Malherbe, et posait un pied hardi jusque dans les régions infréquentées de la science, âpres et difficiles travaux, dont il soulageait charitablement ses émules et ses successeurs. Il leur rendait faciles toutes les routes, dont il comblait les ravins, dont il arrachait les broussailles. Je ne sais s'il comptait beaucoup sur leur reconnaissance ; ce qu'il y a de certain, c'est qu'elle a faibli de jour en jour, et qu'aujourd'hui on touche de fort près à l'ingratitude. Dans un espace de temps fort limité, il composa et mit à fin plusieurs ouvrages dont chacun eût pu consumer la vie d'un poète laborieux et doué d'une verve facile, tels que la traduction du *Paradis Perdu*, de Milton ; le poème de la *Pitié* en quatre chants, celui de l'*Homme des Champs*, qui en a le même nombre ; les *Trois Règnes de la Nature*, et enfin le poème de la *Conversation*. De toutes ces vastes entreprises, une seule n'ajouta rien à la gloire du poète : ce fut, qui s'y serait attendu, la traduction de l'*Eneïde*. Il n'y tente plus une lutte courageuse avec son admirable modèle ; il se sent vaincu, terrassé, surtout dans la traduction de ce second et de ce quatrième chant, où Virgile a surpassé Homère lui-même par le don du pathétique. On s'irrite contre une traduction énervée et languissante, et le poète sacrifié est bientôt vengé par les vers originaux qui sont restés immuables dans notre mémoire. On croit que cette traduction était restée à l'état d'ébauche, et qu'il eut la faiblesse d'accepter le secours d'un ami complaisant, trop faiblement doué du talent poétique. Heureusement il ne fut pas arrêté par cette respectueuse intimidation, lorsque, pour acquitter la dette de l'hospitalité envers le gouvernement anglais, il entreprit la traduction du *Paradis Perdu*, de Milton.

Cette rivalité, avec un auteur d'un génie fort inégal, n'a plus rien qui le déconcerte. Il se sent libre, il est moins inspiré par Milton que par la source divine où Milton s'est inspiré lui-même. Tout est frais, riant et magnifique dans ces tableaux de l'Eden ; on croirait voir deux poètes originaux qui marchent à côté l'un de l'autre. C'est la même suavité, le même abandon ; c'est le même charme donné à la jeunesse de la terre et de ses premiers habitants. Milton et Delille, pour peindre le génie du mal dans ses plus terribles proportions, avaient eu, l'un et l'autre, le sinistre avantage d'avoir été témoins d'une révolution féconde en crimes monstrueux, quoique à un degré inégal. Mais la situation des deux poètes avait été fort différente. L'un était resté fidèle à son roi, et se vouait au soin d'en faire pleurer et bénir la mémoire, et l'autre avait calomnié la mémoire du sien, dans une révoltante apologie du meurtre de Charles Ier.

On s'égarerait en voulant tirer des conséquences trop étendues d'un rapprochement qui est tout à l'avantage du poète français. Leurs points de vue variaient, suivant les différences des partis politiques qu'ils avaient embrassés. Les délibérations du *Conseil infernal* ne paraissaient à notre poète qu'une image anticipée des fureurs qui s'exhalaient dans les séances de la Convention et du club des Jacobins. Milton portait plus de respect aux délibérations factieuses du *Long-Parlement*. Delille n'avait vu que des démons possédés de la rage du crime, où

Milton n'avait vu que des saints. Cependant chez lui, le *Conseil infernal* porte plus de terreur dans l'âme que chez son imitateur, et Satan y apparaît avec des restes plus frappants d'une grandeur primitive.

Un avantage que Delille me paraît conserver sur Milton, dans tout le cours du poème, c'est qu'il glisse d'un pied léger et respectueux sur les abîmes de la théologie, tandis que Milton s'y enfonce avec une ardeur puritaine.

Mais voici qu'une plus vaste scène s'ouvre devant moi. Je n'ai plus à m'occuper de notre poète, considéré comme traducteur de plusieurs chefs-d'œuvre. Nous allons le voir livré à ses propres forces. Ne seront-elles pas affaiblies par l'âge, l'exil et le malheur, et surtout par les déchirements de sa patrie? Déjà la pauvreté menace de l'atteindre, et il faudra la partager avec une compagne qui lui prête un secours nécessaire. Sa vue s'est extrêmement affaiblie depuis son voyage en Grèce. Les impressions d'horreur qu'il a subies aux époques les plus désastreuses de la Révolution ont accru la faiblesse de cet organe, et, avant d'être sorti de l'âge de la force et des hautes pensées, il est menacé du sort d'Homère et de Milton. L'exil a dispersé et la faulx révolutionnaire a moissonné la plupart de ces sociétés brillantes où le goût dictait ses lois par la bouche des grâces. Il ne respire plus le parfum de ces louanges délicates, la première et la plus assurée des récompenses qui enflamment le talent.

Au seul titre des deux poèmes principaux de Delille, l'*Imagination* et les *Trois Règnes*, on se sent perdu dans l'immensité. On croit flotter entre deux infinis : celui de la création et celui de l'imagination illimitée dans ses caprices. Lucrèce a donné l'exemple d'une telle audace ; mais cet exemple est-il heureux? Il se charge d'expliquer la création tout entière, et n'oublie, dans ce drame immense, qu'un seul acteur, que le Créateur lui-même. Attendez ! c'est lui qui va en remplir l'office ou, du moins, c'est son maître, Epicure. L'intelligence d'un sophiste a détrôné l'intelligence divine. L'univers, à sa voix, tombe en poussière et se disperse en atômes insaisissables. S'il veut vous soulager de l'incompréhensible, il le remplace par l'absurde. Il outrage la science humaine dans ses faibles progrès aussi effrontément qu'il méconnaît l'intelligence divine. Le soleil n'est plus pour lui qu'un corps de deux pieds et demi de diamètre, tel qu'il apparaît à nos yeux. Voilà ce qu'il appelle la réalité des choses ; voilà le parti qu'il tire des atômes de sa création. Pour lier ensemble toutes les parties de son univers, il n'a plus d'autres frais à faire que de donner un crochet à ses atômes, et voilà l'univers qui roule dans la plus parfaite harmonie.

Delille, dans ses *Trois Règnes*, ne se pique point de ces coups de maître. Fervent adorateur de l'intelligence suprême, il n'outrage point la science humaine, parvenue aux sublimes hauteurs des Newton, des Kœpler et des Herschell. Poète, il ne saisit dans l'immensité des choses que ce qu'il peut convertir à son usage. Cette abeille ne songe qu'à ce qui peut rendre son miel plus salubre et plus exquis. Il n'affecte ni ne déshonore la science, et sait lui prêter des ornements d'un goût délicat et une saveur qui la rend plus attrayante, sans corrompre sa majestueuse autorité.

La poésie n'est pas faite pour les voyages de long cours. Elle vole, mais elle ne chemine pas. Elle rejette les lourds bagages. Les épisodes sont des bosquets où elle aime à reposer ses ailes légères. C'est là qu'elle retrouve sa grâce, sa vie et cette variété qui est en quelque sorte l'atmosphère dont elle se délecte et se nourrit. Les épisodes sont des enfants aimables, capricieux, touchants ou sublimes, qui font le salut de leur père, c'est-à-dire du poème auquel ils sont attachés. C'est par des tableaux pleins de fraîcheur et de grâce que ce même Lucrèce, dont je poursuivais tout-à-l'heure la morne et fatale doctrine avec un trop juste courroux, a mérité le glorieux titre de précurseur de Virgile.

Je m'étendrai peu sur le poème des *Trois Règnes de la Nature.* A travers quelques beautés du premier ordre, on sent, dans cet ouvrage, la précipitation d'un travail resté à l'état d'ébauche. La poésie est un mauvais interprète des sciences. Elle en bégaie le langage ; elle en défigure le caractère, parce qu'elle substitue l'image à l'expression nette et précise. Je ne craindrai pas de dire que Delille, dans le poème des *Trois Règnes de la Nature,* a éludé habilement, mais n'a que très-imparfaitement rempli le sujet immense qu'il a trop fastueusement annoncé. Ce n'est pas seulement par un heureux mécanisme de versification, c'est par la grâce et l'esprit, ses fidèles alliés, qu'il dissimule et nous fait oublier son embarras. Quand le poète est fatigué, le causeur charmant le remplace. Il nous appelle dans son intimité, à son *Coin du Feu*, et nous croyons entendre un badinage de La Fontaine.

Le poème de l'*Imagination* nous fait partout sentir que c'est l'œuvre de prédilection de son auteur, celle à laquelle il a le plus attaché ses espérances de gloire. N'y cherchez pas pourtant les efforts et le fruit d'une profonde méditation. La fantaisie l'emporte souvent. Il met beaucoup de soin à finir ses tableaux, mais il s'embarrasse peu de leur cadre et du jour sous lequel ils sont placés. Lorsque Delille méditait son poème de l'*Imagination*, la philosophie avait trop borné son essor et surtout la religion avait trop perdu de son empire pour que l'auteur élevât son âme, son sujet et ses lecteurs jusqu'à de sublimes contemplations. C'est là, ce me semble, le défaut capital du poème de l'*Imagination*. Quand il voulait s'élever avec de grands et sublimes penseurs, Lock et Condillac, devenus les froids tyrans du monde philosophique, ouvraient les ciseaux de l'analyse et lui coupaient les ailes.

C'est ainsi qu'il confond souvent l'imagination qui vole à la surface des objets avec ce sentiment qui nous crée un monde intérieur. Au-dessus de ces deux facultés, l'imagination et le sentiment, il s'en élève une troisième plus puissante, parce qu'elle est leur commune régulatrice : c'est la raison. Delille me semble lui avoir fait une part trop petite. Il croirait déroger du poète, en invoquant la raison, si chère à Despréaux. L'ordonnance du temple qu'il élève est défectueuse ; mais il sait y faire entrer une suite d'autels particuliers, de chapelles, dont l'élégance vous charme et dont la variété vous repose. En voulant trop étendre le domaine de l'imagination, il la fait vaciller. Il ne s'aperçoit pas assez que l'imagination, pour être puissante, veut être puissamment dirigée. Il ne lui fournit pas le lest suffisant pour régler sa course aérienne. On croirait voir un ballon qui flotte d'obstacle en obstacle, ou, si l'on veut une comparaison plus magnifique, et qui même l'est trop, il en fait une comète qui va se heurtant de soleil en soleil, et qui traîne une queue empourprée et formée de vapeurs sans consistance.

Le plus vanté des tableaux, des épisodes dont il a enrichi et décoré son poème de l'*Imagination*, est celui des Catacombes de Rome dont j'ai déjà dit un mot. La rare flexibilité de son talent s'y déploie sous un jour nouveau. Il semble avoir quitté Virgile pour le Dante ; mais je me trompe, c'est Virgile qu'on retrouve encore, quand l'artiste, qui se croit englouti dans un abîme ténébreux, exprime ses regrets pour tout ce qui faisait le charme de sa vie, pour ses études si fatalement terminées et pour ses chers travaux

Qui donnaient le bonheur et promettaient la gloire !

Si Delille vous fait longtemps assister au supplice du malheureux artiste perdu dans cet abîme de ténèbres, et vous fait errer parmi tous les fantômes qui viennent assaillir et noircir son imagination, c'est pour mieux dilater votre âme et pour la remplir de toutes les joies d'une résurrection miraculeuse, quand l'artiste heurte du pied ce peloton dont la perte l'a livré à cette longue scène d'horreur, quand il baise et adore ce fil libérateur qui va lui rendre toutes les merveilles des cieux et toutes les délices de son cœur. Le poète se rend maître de votre joie ; il en comprime l'essor, pour vous la faire savourer plus longtemps et à plus larges traits. Dans ce drame que ma prose dessèche et mutile, on reconnaît les combinaisons et les effets d'un drame puissamment ordonné. Qu'importe ici la dimension et le peu d'étendue du cadre ; votre âme n'a été troublée, bouleversée et réjouie que peu d'instants, mais elle l'est pour toujours. Sans cesse vous vous rappellerez cette succession rapide d'émotions si contrastantes, et le mot de catacombes ne sera jamais prononcé devant vous sans que votre esprit se retrace le supplice et le triomphe du jeune artiste.

Il est une partie de ce poème moins vantée et qui me touche encore plus profondément : c'est le tableau du sombre délire et des visions ingrates qui suivent la défiance. Ici, le poète, par la profondeur et la justesse de ses observations, me semble s'élever au rang d'un grand moraliste. Il avait eu presque sous les yeux une

illustre et déplorable victime de cette sombre passion :
c'était J.-J. Rousseau. Du moins, il avait entendu
s'exprimer sur ce sujet plusieurs personnages plus ou
moins célèbres qui avaient eu à gémir de ses visions
farouches. Ce n'est point avec amertume, c'est avec une
tendre commisération que Delille reproduit ces fatales
erreurs de l'homme de génie. La sensibilité ne peut
s'exprimer avec une onction plus pénétrante. L'âme du
poète s'épanche devant vous tout entière, et vous vous
dites : ce fut un grand malheur que d'avoir vécu avec
l'éloquent misanthrope, lorsque sa raison était frappée
de ce sombre délire. Et puis vous vous dites peut-être :
ce dut être un bonheur que d'avoir communiqué avec
l'âme tendre de Jacques Delille, avec cet esprit vif,
libre, joyeux et toujours étincelant. Ce bonheur, je l'ai
goûté dans les dernières années de la vie du poète. Il
me tarde de le suivre dans cette douce et brillante
période de sa vie. Je quitte l'emploi du critique littéraire, où je ne fais qu'un noviciat suranné, pour
reprendre le doux emploi de biographe.

Ce fut en 1801 seulement que Jacques Delille revit
sa patrie. Il avait su, par l'activité de ses travaux poétiques, s'y ménager un glorieux retour. Une telle date
indique les heureux changements qui s'y étaient opérés.
La France était délivrée du décemvirat que Robespierre
assujétissait à son âme atroce ; mais elle avait eu encore
à lutter contre l'anarchie qui résultait de la subversion
complète de ses lois, de sa religion, de ses mœurs et

de sa littérature. La victoire flottait encore incertaine entre les survivants du terrorisme qui espéraient le ressusciter en le modifiant un peu, et cherchaient le rétablissement de l'ordre sous deux étendards opposés, l'un qui soupirait encore pour le retour de l'ancienne monarchie, et l'autre qui restait timidement fidèle aux principes vacillants de la liberté constitutionnelle. Le 18 brumaire avait terminé ces débats. Le cri de la victoire avait remplacé le cri de liberté. Un heureux guerrier avait su tirer un parti personnel de l'enthousiasme qu'avaient fait naître les premiers prodiges de ses armes. Au génie militaire, il unissait l'activité et le profond discernement du législateur et de l'homme d'état. On était affamé d'ordre ; il l'établissait en faisant taire cet enthousiasme qui s'était porté vers la liberté avec une ardeur fatalement irréfléchie. La France respirait et jouissait sans porter des regards inquiets vers un avenir encore flottant. C'était dans cette situation que Delille revoyait une patrie qu'il avait laissée couverte de ruines, d'échafauds et d'opprobres. Il s'associait à la joie commune autant que le lui permettaient des souvenirs toujours présents à son cœur. Tout souriait à sa vieillesse. Il voyait commencer pour lui, sous les plus flatteurs auspices, cet âge où les plus heureux talents subissent la loi du déclin. Il revenait avec un riche portefeuille ; portefeuille de poète, il est vrai, mais qui lui assurait cette honnête aisance que les Anglais ont si heureusement qualifiée du nom de *comfortable*. Un vide immense s'ouvrait devant lui : quand son cœur redemandait ses amis, ses compagnons, ses émules, et tant de femmes aimables dont le sourire avait enflammé son talent, il fallait les chercher sur des listes funéraires, sur des listes de martyrs. Quelques-uns survivaient, protégés par l'exil et surtout par l'émigration. Quelle joie pour lui de retrouver des hommes tels que le comte de Choiseuil-Gouffier et le comte Louis de Narbonne! Nous avons vu qu'il avait accompagné le premier, lorsqu'une brillante ambassade l'appelait à Constantinople. La passion du beau, la passion de la Grèce, formait le premier nœud de leur sympathie. L'on eût dit que le brillant diplomate avait formé le vœu de ressusciter un peuple chez qui tant de noms sonnent à notre oreille, comme ceux de nos premiers bienfaiteurs. Quant au comte de Narbonne, il vient de revivre tout entier pour nous dans un écrit qui, d'un côté, reproduit l'élite de la société française, et qui, de l'autre, rappelle les tragiques disgrâces de la plus héroïque de nos armées avec le burin de Tacite. Heureux celui qui pouvait assister aux entretiens de ce triumvirat, à la fois favorisé des Muses et des Grâces! Une sympathie de regrets déchirants leur faisait oublier tous les points sur lesquels ils n'avaient pu parvenir à s'entendre. L'esprit volait à la surface de ces entretiens où le cœur avait voulu d'abord retrouver d'intimes épanchements ; puis c'était entre eux une lutte aussi vive qu'agréable, où chacun sentait son esprit aiguisé et fortifié par l'esprit de ses interlocuteurs.

C'était une fête pour l'abbé Delille que de retrouver cette chaire de professeur au Collége de France qui lui rappelait de si intimes et de si pures jouissances. Il y remontait, non-seulement avec sa gloire tout entière, mais avec sa gloire accrue par de nouveaux tributs de sa verve, par les hommages qu'il avait reçus de l'étranger. Son improvisation avait le double attrait d'une causerie piquante et d'un doux épanchement. Il ne faisait point de cette chaire une somptueuse rivale de la tribune française; mais sa parole accorte, sémillante, persuasive, réalisait pour vous les nobles débats du jardin d'Académus, ou les entretiens de Platon sur le promontoire de Sigée. Puis la leçon s'interrompait; je ne sais quel bruit sourd trahissait l'impatience du jeune auditoire, qui brûlait d'entendre quelques-uns des épisodes vantés ou des tableaux brillants de ses différents poèmes, et surtout de celui de l'*Imagination*.

Il cédait facilement. A la simplicité de son débit, vous auriez cru qu'il continuait encore l'entretien. Bientôt la verve du poète se faisait sentir impérieusement et avec charme, les applaudissements éclataient, et les avenues du collége retentissaient de vers heureux, répétés par des échos intelligents et passionnés.

Même accueil et plus flatteur encore l'attendait à l'Académie française. Avec une gloire qui éclipsait ou balançait celle des plus illustres survivants de cette compagnie, il avait le bonheur de n'y rencontrer pas un seul ennemi, pas un seul détracteur. Un si rare privilége n'appartient guère qu'aux hommes auxquels un excellent naturel, bien mieux que l'esprit de calcul, a dicté les leçons d'une prudence délicate. Les hommes de lettres du XVIIIe siècle, quoique parés de l'ambitieux titre de philosophes, avaient mal résisté à cet esprit de vengeance et même d'agression. Provoqués ou non, ils avaient, pour la plupart, lancé fort étourdiment le dard de l'abeille irritée, et plusieurs se trouvaient encore tout meurtris des blessures que leur avait attirées une fatale intempérance de causticité. La vie presque entière du Quintillien français n'avait été qu'un long et douloureux combat contre des détracteurs dont ses ripostes envenimées avaient décuplé le nombre, et le bouclier de Voltaire lui-même n'avait pu le sauver de morsures brûlantes. On ne cite pas une seule épigramme de l'abbé Delille. Voici seulement un trait qui peut y ressembler, et qui lui échappa dans la conversation. Un jeune auteur vantait devant lui, outre mesure, le talent poétique de La Harpe. Delille s'étonna et lui demanda sur quoi il appuyait une si chaude apologie; le jeune poète ne trouva dans sa mémoire que la romance : *O ma tendre Musette!* sur quoi Delille reprit vivement :

« De l'admiration, réprimez le délire;
» Parlez de sa musette, et non pas de sa lyre. »

Ce mot assez heureux ne peint que la facilité de l'abbé Delille à improviser des vers. En voici un exemple beaucoup plus frappant, et qui mérite plus d'être cité. Le poète, dans ses scrupules de fidélité pour ses augustes bienfaiteurs, ne s'était point fait présenter à l'Empereur. Il fut averti que Napoléon lui savait mauvais gré de ce retard. Il se décida enfin à cette démarche; mais l'Empereur voulut lui faire expier son peu d'empressement. Quoiqu'il se piquât d'une obligeance flatteuse pour les hommes de lettres, il ne rendit qu'un hommage assez sec à la gloire du poète, et dans un court entretien, il lui échappa de dire : Eh bien ! Monsieur Delille, vous querellerez-vous toujours avec votre femme? Celui-ci, dans sa réplique, montra plus que le talent du poète, il parut comme inspiré par Socrate. Cette réponse, la voici :

> J'adore mon martyr et bénis ma prison,
> Et je fais quereller la rime et la raison.

Voici qui me paraît plus socratique encore. Madame Delille, dont je me suis plu à retracer le dévouement habituel, ne pouvait maîtriser quelquefois une humeur bouillante et irascible. Un jour, il était occupé avec elle du déménagement de sa bibliothèque; une dispute frivole, mais aiguisée par quelques traits malins, s'était éveillée entre eux pendant cette opération. Mme Delille lança à son mari un in-quarto qui se trouvait sous sa main. « Ne pourriez-vous, Madame, lui dit le poète, mettre vos caresses en plus petit format. » Une autre fois, dans un repas qu'il donnait à ses amis, elle le surprit mangeant

à la dérobée un mets friand que son médecin lui avait
sévèrement défendu. « Je vous y prends, dit-elle, en
lui serrant vivement le bras ; vous voilà convaincu ; —
« et atteint, reprit-il. »

Les lectures publiques qu'il faisait à l'Académie française, devenue, par la nouvelle loi, la seconde classe
de l'Institut, appelaient un concours digne des jours les
plus florissants de cette société décorée, depuis sa nais-
sance, de tant de noms consacrés par la gloire. Les
dames surtout signalaient leur empressement et faisaient
éclater leur enthousiasme. Elles saisissaient à la volée
des vers heureux qu'il semblait laisser tomber avec une
adroite insouciance. Il retrouvait son public d'autrefois,
embelli des grâces de la jeunesse. Il lui arriva une seule
fois de voir ses magnifiques alexandrins s'écouler au
milieu d'une indifférence désespérante. C'était, autant
que je puis me rappeler, dans une traduction, toutefois
fort brillante, du cinquième chant de l'*Eneïde*. Etonné,
dépité, il se tourna vers son ami Parseval de Grand-
Maison, l'un des plus heureux disciples de son école,
et lui dit à l'oreille : « Je coule, mon cher ami ! je coule!
mon auditoire reste morfondu. » — « Eh bien! lui dit
Parseval, il faut le ranimer à ton *Coin du Feu*. » Il
désignait par là un brillant épisode des *Trois Règnes de
la Nature*, où Delille avait heureusement saisi la manière
de Jean La Fontaine pour décrire l'enjouement des
entretiens familiers. Le conseil réussit, et ce morceau
fut accueilli avec la joie la plus expansive.

Je me souviens de l'hilarité générale avec laquelle on entendit sa description si agréablement satirique des folles visions du mesmérisme, qui nous promettait une sorte de résurrection. On tressaillait d'une joie maligne en écoutant ces vers :

Le jeune homme à vingt ans, flétri par la mollesse,
Se promettait encore quelques jours de jeunesse ;
Le vieillard décrépit, se redressant un peu,
D'un retour de santé menaçait son neveu.

Nous venons de prouver avec évidence, jusque dans notre âge si tristement positif, qu'une génération a peu le droit d'insulter amèrement aux folles visions d'une génération précédente, nous qui venons de voir, avec des yeux hébétés, les miracles des tables tournantes, parlantes et prophétiques.

Plusieurs anecdotes de ce genre viennent se reproduire à ma mémoire de vieillard. Mais cette causerie familière a duré trop longtemps. J'approche du terme de cette brillante carrière, de cette vieillesse fortunée. Des travaux si constants, entrepris ou continués dans un âge où les forces s'éteignent, où l'enthousiasme s'épuise, menaçaient les jours de notre poète, parvenu à l'âge de soixante-quinze ans. Dans son séjour en Angleterre, tandis qu'il travaillait avec une ardeur juvénile à son heureuse *Imitation du Paradis Perdu*, il avait ressenti une pre- mière atteinte d'une léthargie locale, et il était merveilleux qu'il eût pu y survivre douze ans avec cette vigueur d'esprit et cet éclat d'imagination. Il ressentit une attaque beaucoup plus menaçante. Divers traits de ses entretiens montrent qu'il soutint les approches de sa fin avec la sérénité du sage, accrue chez lui par le sentiment chrétien auquel il avait été fidèle toute sa vie. On pourrait ajouter qu'il conserva jusqu'à la fin le souffle du poëte. J'en cite pour témoin ces vers improvisés qu'il répondit à un de ses amis qui le visitait dans ce moment funèbre :

Semblable à l'herbe que l'on fauche,
Je vis à droite et meurs à gauche.

Le 1er mai 1813, la France perdit l'un des hommes qui lui faisaient le plus d'honneur par les qualités éminentes de son cœur et de son esprit.

Les funérailles de Jacques Delille m'ont présenté la gloire littéraire et surtout celle du poëte dans son éclat le plus pur. Rien d'officiel, nulle pompe dans ses obsèques ; le concours y était à la fois brillant et spontané. La république des lettres, qui survivait à la plus orageuse des républiques, s'était emparée de cette occasion pour montrer qu'elle existait encore, que rien n'était changé dans ses lois, et qu'elle reprenait avec ferveur son culte pour des maîtres vénérés. C'était Virgile qu'on saluait encore dans son interprète ingénieux.

Tout était pur, tout signalait une douleur tendre et respectueuse dans le deuil d'un poète resté fidèle à tous les sentiments généreux. Vous entendiez un immense et jeune cortége répéter à voix basse plusieurs vers qui avaient été consacrés à nos douleurs les plus profondes et aux sublimes espérances que la religion a gravées dans nos cœurs. Vous eussiez dit qu'il avait, comme Mozart, composé son *Requiem* et sa messe des morts pour ses propres funérailles.